MON IMAGIER DE TOUTE L'ANNÉE

400 PHOTOS AU FIL DU TEMPS :
LA JOURNÉE, LES SAISONS, LES FÊTES...

MILAN jeunesse

SOMMAIRE

p. 6 TA JOURNÉE

- Du matin au soir — p. 6
- Debout tout le monde! — p. 8
- Quel temps fait-il? — p. 10
- Comment tu t'habilles? — p. 12
- Ta tenue de sport — p. 13
- Le petit déjeuner est servi… — p. 14
- Un brin de toilette — p. 16
- Tes activités du matin — p. 17
- C'est l'heure de déjeuner! — p. 18
- Tu te reposes — p. 20
- Tes activités de l'après-midi — p. 21
- La pause de l'après-midi — p. 22
- L'heure du bain — p. 24
- Tes vêtements de nuit — p. 25
- À table! Le dîner est prêt! — p. 26
- Avant d'aller au lit — p. 28
- Bonne nuit, les petits… — p. 30

p. 32 AU FIL DU TEMPS

- Tout petit deviendra grand — p. 32
- Demain, on sera quel jour? — p. 34
- Tu mesures le temps — p. 35
- En quel mois sommes-nous? — p. 36
- Le jour de ton anniversaire — p. 38
- Les quatre saisons — p. 40

p. 42 LE PRINTEMPS

- Tes vêtements — p. 42
- Allons jouer dehors! — p. 44
- Les petits jardiniers! — p. 45
- Les vacances à la ferme — p. 46
- Les fruits et légumes — p. 48
- La nature se réveille — p. 50
- Les fêtes du printemps — p. 52

p. 54 L'ÉTÉ

- Tes vêtements p. 54
- La fête de l'école p. 56
- Le départ en vacances! p. 57
- Au camping p. 58
- Les jeux en plein air p. 59
- À la montagne p. 60
- Bien équipé pour la randonnée p. 61
- À la mer p. 62
- Les fruits p. 64
- Les légumes p. 65
- Des fleurs de toutes les couleurs p. 66
- Des petites bêtes partout p. 67
- Le 14 juillet p. 68
- C'est la rentrée! p. 70

p. 72 L'AUTOMNE

- Tes vêtements p. 72
- La cueillette dans la forêt p. 74
- Les fruits p. 76
- Il y a du changement dans l'air... p. 78

p. 80 L'HIVER

- Tes vêtements p. 80
- Les vacances à la montagne p. 82
- Au chaud dans le chalet p. 83
- Les sports d'hiver p. 84
- Ton équipement de champion p. 85
- Les fruits et légumes p. 86
- Il fait très froid p. 88
- Le Père Noël arrive... p. 90
- Mon beau sapin... p. 92
- Bonne année! p. 94
- La galette des Rois p. 96
- C'est la Chandeleur! p. 98
- Vive le carnaval! p. 99

p. 100 ET L'AN PROCHAIN?

- Tout recommence! p. 100

TA JOURNÉE

Du matin au soir

le réveil

Bonjour ! C'est le matin, tes yeux s'ouvrent et tu t'étires pour te réveiller.

le petit déjeuner

Des céréales, du lait… c'est le tout premier repas de la journée !

les jeux

L'après-midi, si tu n'as pas école, tu peux t'amuser sagement à la maison.

le bain

De l'eau chaude et du savon, pour être propre et sentir bon !

l'école

En classe, tu joues et tu apprends aussi à lire, à écrire et à compter.

le déjeuner

Il est midi ! C'est le milieu de la journée, et il est temps de manger. On va à la cantine ?

le dîner

À table ! C'est le dernier repas avant d'aller dormir…

le coucher

Tu es fatigué et tes yeux se ferment… Bonne nuit !

TA JOURNÉE
Debout tout le monde !

cocorico

l'aube
Au petit matin, le soleil se lève. Peu à peu, il fait jour.

le chant des oiseaux
Cui-cui ! Dès les premiers rayons de soleil, les oiseaux se mettent à chanter.

le bisou
Rien de tel qu'un câlin de maman pour bien commencer la matinée ! Ensuite, on se lève, et c'est parti pour une bonne journée.

le réveil

Driiinng ! Il sonne pour te réveiller à la bonne heure.

les rideaux

Le matin, on les ouvre pour faire entrer la lumière dans la chambre.

les chaussons

En te levant, tu les chausses pour ne pas avoir froid aux pieds.

la robe de chambre

Pour rester bien au chaud, tu l'enfiles dès que tu sors de tes couvertures...

TA JOURNÉE
Quel temps fait-il ?

le beau temps

Le ciel est tout bleu.
Pas de doute, il fait beau !

le ciel nuageux

Le soleil joue à cache-cache
avec les nuages. Le ciel est couvert.

l'orage

Le tonnerre gronde ? Tu aperçois
des éclairs ? L'orage arrive… Vite, à l'abri !

l'arc-en-ciel

Voici la recette de l'arc-en-ciel :
de la pluie et du soleil.

la pluie

Des gouttes tombent du ciel et font des flaques par terre. N'oublie pas ton parapluie !

le baromètre

Pratique ! Son aiguille te montre le temps qu'il fait…

la neige

Quand il fait très froid, la pluie se transforme en neige.

le thermomètre

Il indique la température chez toi, dehors, ou même dans ton bain !

TA JOURNÉE
Comment tu t'habilles ?

la salopette
Un petit haut à bretelles sur un pantalon, voilà une belle salopette !

le jean
C'est un pantalon joli et confortable, pour les filles et les garçons.

le cintre

le tee-shirt
On le porte tout seul en été, et sous un pull quand il fait froid.

le pull
En laine, il tient bien chaud. Avec lui, tu ne crains pas le froid.

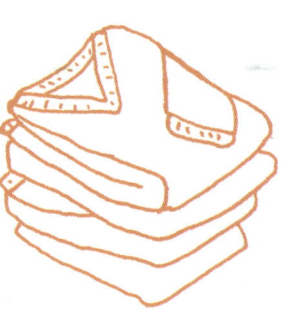

la robe
Ce sont les filles qui la portent.

TA JOURNÉE

Ta tenue de sport

le kimono

Tu fais du judo, n'oublie pas ton kimono ! C'est couleur de la ceinture qui indique ton niveau.

les baskets

Elles sont confortables et légères pour courir très vite.

le survêtement

Cette tenue large et pratique est idéale pour faire du sport !

le justaucorps

Les filles en portent un pour faire de la danse ou de la gymnastique.

les ballerines

Grâce à ces chaussons, les danseuses réussissent de jolis petits pas.

TA JOURNÉE

Le petit déjeuner est servi...

le chocolat chaud
Le matin, un peu de cacao dans du lait chaud, c'est drôlement bon !

le bol de céréales
Voilà de l'énergie qui croustille pour bien démarrer la journée.

le sucre
Ses petits grains blancs donnent un goût sucré aux aliments.

le jus d'orange
Rien de tel qu'un jus de fruits pour faire le plein de vitamines !

le pain

Frais, grillé ou en biscottes,
le pain est délicieux au petit déjeuner.

le beurre

Étalé sur du pain avec de la confiture,
tu obtiens une délicieuse tartine.

la confiture

Elle est fabriquée avec des fruits
et du sucre, tout simplement !

le miel

Ce sont les abeilles qui le produisent.
Régale-toi en en nappant tes tartines.

la pâte à tartiner

Avec son parfum de chocolat et de noisette,
les enfants l'adorent !

le croissant

Regarde ce croissant. Est-ce qu'il ne te
rappelle pas la lune certains soirs ?

TA JOURNÉE

Un brin de toilette

le savon

Sous l'eau, le savon fait de la mousse toute douce qui nettoie la peau.

les serviettes

Après ta toilette, frotte-toi avec cette serviette pour te sécher.

la brosse et le peigne

Qu'ils soient courts, longs, frisés ou raides, le matin, tu coiffes tes cheveux.

le brossage des dents

Après manger, lave-toi les dents pour éviter les caries !

TA JOURNÉE

Tes activités du matin

le chemin de l'école

C'est l'heure d'aller à l'école ! Devant l'entrée, tu retrouves tes amis avant d'aller en classe.

le coloriage

Voilà un beau cahier pour colorier. Attention à ne pas dépasser !

les jeux

Pour faire une pause après avoir bien travaillé, on a le droit de jouer !

TA JOURNÉE
C'est l'heure de déjeuner !

l'entrée

C'est le premier plat du repas. Chaud ou froid, il te met en appétit.

la salade de tomates

la salade de betteraves

le plat principal

Il est composé de poisson ou de viande, accompagné de légumes, de pâtes ou de riz. De quoi reprendre des forces !

steak haché et petits pois

poisson pané et pâtes

le fromage

Fondu, avec ou sans trous, tu le manges avec un morceau de pain.

le fromage de chèvre

le gruyère

le fromage à tartiner

le dessert

La fin du repas est sûrement ton moment préféré… À toi les bons desserts sucrés.

les carottes
râpées

la salade
de concombres

poulet
et haricots verts

pizza
au jambon

œuf
à la coque

se au chocolat
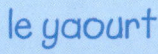
le yaourt
la compote
la salade de fruits
le flan au caramel

TA JOURNÉE
Tu te reposes

le moment calme
Après manger, quand tu es fatigué, est-ce que tu suces aussi ton pouce ?

le livre
Pour se reposer, c'est aussi agréable de lire une histoire.

la peluche
Aimes-tu prendre une peluche avec toi pour dormir ?

le dortoir
À l'école, tu fais la sieste dans un endroit calme avec les autres enfants.

TA JOURNÉE

Tes activités de l'après-midi

le chevalet

Tu poses ta feuille blanche dessus.
Ensuite, à toi de peindre !

les pinceaux

Trempe-les dans la peinture...
et peins ton animal préféré.

la peinture acrylique

La maîtresse en verse dans des petits pots.
Ensuite, tu peux choisir celui que tu veux.

la peinture à l'eau

Mélange les couleurs pour faire
le plus beau des dessins...

les feutres

Peut-être préfères-tu dessiner ?
Un conseil : rebouche bien tes feutres...

la pâte à modeler

Bonhomme, maison, animal... sculpte
toutes les formes que tu imagines.

TA JOURNÉE
La pause de l'après-midi

la brioche

le cake aux fruits

le verre de lait

le goûter

Grâce à ce petit repas sucré, tu reprends des forces en attendant le dîner. Et toi, qu'est-ce que tu manges au goûter ?

le yaourt aux fruits

le chocolat

les quartiers de pomme

le pain au chocolat

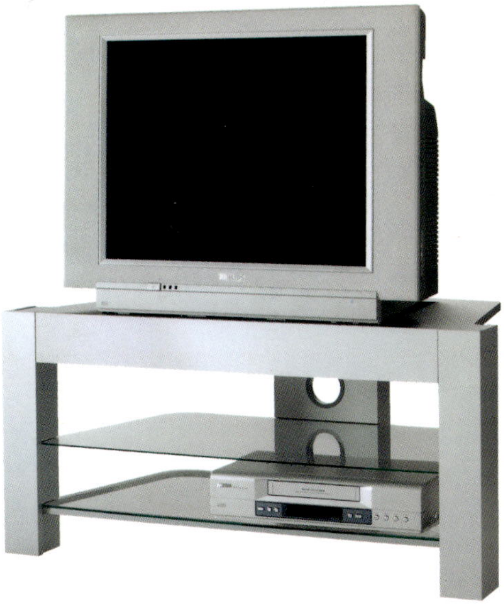

la télé

les cubes de construction

et après goûter ?

Tu as du temps pour t'amuser avec tes jouets préférés ou pour regarder un petit dessin animé. Chouette !

le dragon en peluche

le petit train

la poupée

TA JOURNÉE
L'heure du bain

la baignoire
Comme c'est agréable de barboter dans l'eau qui sent bon le savon !

le peignoir de bain
En sortant de l'eau, tu l'enfiles vite pour te sécher sans avoir froid.

le gel douche, le shampooing
Frotte bien de la tête aux pieds : il faut que ça mousse !

le canard
Dans le bain, on s'amuse aussi avec des jouets en plastique !

TA JOURNÉE

Tes vêtements de nuit

les chaussons

Ce sont des sortes de chaussures qu'on met pour rester à la maison.

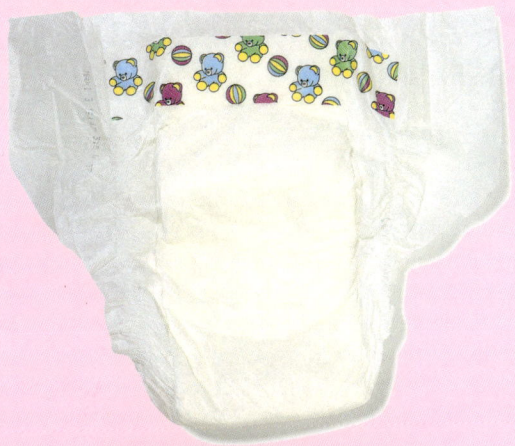

la couche

En attendant de devenir grand, elle évite les pipis au lit...

la chemise de nuit

Cette petite robe pour dormir est pour les filles.

le pyjama

Il est doux et confortable pour faire de beaux rêves.

TA JOURNÉE
À table! Le dîner est prêt...

la table

Avant de manger, il faut mettre la table : des assiettes, des couverts, et des verres pour toi, ton papa et ta maman. Bon appétit !

l'assiette

On y sert de bons petits plats. Mais pas question de manger avec les doigts ! La fourchette, la cuillère et le couteau sont là pour ça.

le verre

Rempli d'eau, il est placé devant toi. Tu l'attrapes quand tu as soif.

la serviette

Tu as le visage et les mains tout barbouillés ? Essuie-toi avec ta serviette.

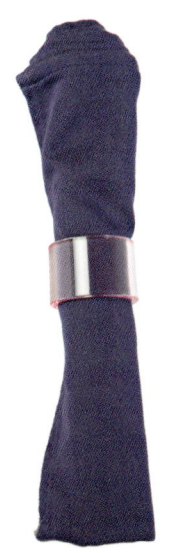

le sel et le poivre

On en verse un peu sur la nourriture pour lui donner plus de goût.

la carafe d'eau

On la remplit avec de l'eau du robinet.

TA JOURNÉE
Avant d'aller au lit

le lavabo

C'est l'endroit de la salle de bains où on se lave les mains, le visage et les dents.

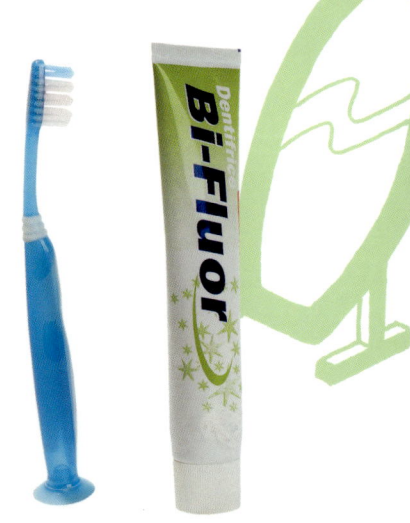

la brosse à dents et le dentifrice

Mets le dentifrice sur ta brosse à dents et frotte pour enlever toutes les saletés.

le gant de toilette

Et hop, en un seul geste, il te débarbouille le visage après manger !

le savon

Il est près du lavabo pour l'attraper facilement quand tu te laves les mains.

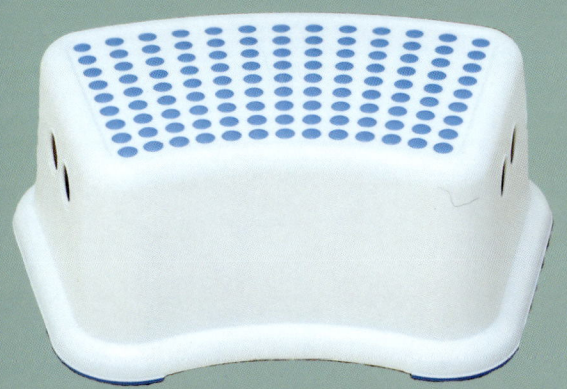

le réhausseur

Si tu as besoin d'être à la bonne hauteur, monte sur cette petite marche.

les toilettes

Quand tu ne mets plus de couches, c'est là que tu fais pipi et caca.

le réducteur de toilettes

Il permet aux enfants de s'asseoir sur les toilettes des grands.

le papier-toilette

Facile à déchirer, tu en prends quelques feuilles pour t'essuyer les fesses.

la veilleuse

Cette lumière douce rassure les enfants quand ils ont peur du noir.

la lune

Ronde ou en croissant, elle brille la nuit dans le ciel.

la fatigue

Tu bâilles, tu te frottes les yeux… Le marchand de sable va passer !

le sommeil

Te voilà endormi ! Fais de beaux rêves, et à demain matin.

AU FIL DU TEMPS
Tout petit deviendra grand

l'arbre

Plantée dans la terre et bien arrosée, la petite graine va grandir. Bientôt, elle deviendra un bel et grand arbre.

grandir

Quand on sort du ventre de maman, on est un bébé. Puis, on grandit avec le temps. Et quelques années plus tard, on devient aussi grand que papa.

l'adolescent

l'enfant

le bébé

le jeune homme

l'homme

la personne âgée

AU FIL DU TEMPS

Demain, on sera quel jour ?

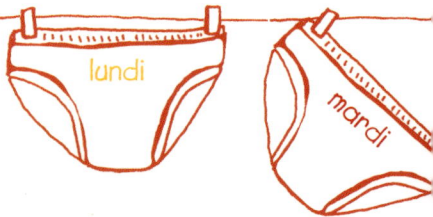

Aujourd'hui c'est...

le jour — la date — le mois — la saison — le temps

les saisons : l'hiver, l'automne, le printemps, l'été

les jours : lundi, mardi, mercredi, jeudi, vendredi, samedi, dimanche

les mois : janvier, février, mars, avril, mai, juin, juillet, août, septembre, octobre, novembre, décembre

0 1 2 3 4 5 6 7 8 9

neige, nuage, soleil, pluie

le calendrier

Grâce à lui, tu peux reconnaître le jour, le mois, la saison, et même la météo.
Ainsi, tu apprends peu à peu à te repérer dans le temps.

AU FIL DU TEMPS

Tu mesures le temps

la montre

Tu l'accroches à ton poignet, et pour connaître l'heure, il te suffit de regarder les chiffres indiqués par les aiguilles.

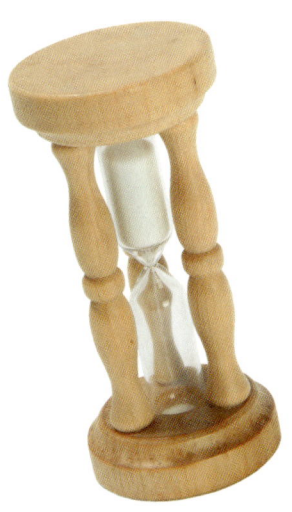

le chronomètre

Quand tu veux courir le plus vite possible, il te permet de mesurer ton record.

le sablier

Les grains de sable qui s'écoulent « comptent » le temps qui passe.

AU FIL DU TEMPS

En quel mois sommes-nous ?

janvier-février

Ce sont les mois les plus froids.
Mais dans la neige, il y a de quoi s'amuser !

mars-avril

Par ici, les jardiniers ! Au printemps, le soleil fait pousser les plantes, et il faut les arroser.

juillet-août

Voici le temps des vacances !
Il fait très chaud : tous dans l'eau !

septembre-octobre

En automne, la forêt change de couleur : c'est l'occasion d'y faire une belle balade !

mai-juin

Quand il fait doux, c'est très agréable de jouer dehors ! L'été n'est pas loin...

novembre-décembre

Il commence à faire froid et les jours se font plus courts. Noël se prépare...

Comptine des douze mois de l'année

JANVIER, FÉVRIER
Bisous de bonne année
Bout du nez tout gelé.

MARS, AVRIL
Printemps te voilà
Cloches et chocolat.

MAI, JUIN
Un pour le muguet
L'autre pour l'été.

JUILLET, AOÛT
À la mer, tous à l'eau
À la montagne, tout en haut.

SEPTEMBRE, OCTOBRE
Les copains sont là
Froid te revoilà.

NOVEMBRE, DÉCEMBRE
Père Noël es-tu là ?
On n'attend plus que toi !

Et 1, 2, 3... on recommence !
Janvier, février
Bisous de bonne année...

AU FIL DU TEMPS
Le jour de ton anniversaire

le gâteau

Chaque année, on fête le jour où tu es né. C'est ton anniversaire, et on prépare un bon gâteau. Avant de le manger, tu dois souffler tes bougies.

les cadeaux

Tes amis et ta famille t'en offrent pour te faire plaisir ce jour-là.

les gobelets

Chacun sa couleur ! Comme ça, tu peux te souvenir lequel est le tien.

les pailles

Tu aspires ta boisson dans ce drôle de tuyau coloré.

le ballon

Idéal pour décorer la maison. Attention à ne pas les faire éclater !

les bonbons

À la fraise, au citron, à la réglisse, il y en a pour tous les goûts !

le sifflet

Quand tu souffles dedans, il se déroule et fait du bruit !

les bougies

Elles indiquent ton âge. C'est-à-dire le nombre d'années depuis ta naissance.

AU FIL DU TEMPS

Les quatre saisons

le printemps

Il fait doux, la nature se réveille.
Sur les arbres, de nouvelles feuilles poussent
et dans la terre, les graines germent.

l'été

Il fait chaud et beau. Les arbres
sont verts, les champs sont prêts
à être moissonnés.

l'automne

Le temps est humide, la récolte a été faite et les arbres changent de couleur.

l'hiver

Il fait froid, les champs sont nus et les arbres ont perdu leur feuillage. Mais il reviendra au printemps prochain.

LE PRINTEMPS
Tes vêtements

le polo
On le reconnaît à son petit col et ses petits boutons.

le pantalon
Il est en tissu léger pour ne pas avoir trop chaud quand l'air est doux.

la jupe
Souvent, au printemps, les filles aiment porter des jupes qui tournent !

le pantacourt
Avec ses élastiques en bas, tu peux le remonter sur tes mollets.

la veste à capuche

Parfois, il se met à pleuvoir d'un coup, et c'est utile d'avoir une capuche !

les bottines

Qu'elles sont jolies ces chaussures montantes à fleurs pour les filles !

les chaussures

Et voici de belles chaussures à « scratchs » pour les garçons.

le blouson

En cette saison, gare au froid. Remonte bien ta fermeture Éclair…

LE PRINTEMPS
Allons jouer dehors !

les rollers
Pas facile de tenir en équilibre sur ces chaussures à roulettes...

la balançoire
Tu t'assois dessus, et avec de l'élan tu te balances de plus en plus haut.

la selle

le klaxon

le guidon

les roulettes

le vélo
On apprend à en faire avec les roulettes, puis on les enlève !

le casque
N'oublie pas de le porter. En cas de chute, il protège ta tête.

LE PRINTEMPS

Les petits jardiniers !

le tablier

Grâce à lui, tu ne taches pas tes vêtements quand tu travailles dans le jardin.

les gants

Si tu veux éviter les bobos et les saletés, enfile-les sur tes mains avant de jardiner.

l'arrosoir

Pour transporter de l'eau et la verser sur les fleurs, utilise un arrosoir.

les outils

Ils servent à manipuler la terre plus facilement quand tu fais des plantations.

la plante

Elle pousse un petit peu chaque jour, si tu n'oublies pas de l'arroser, bien sûr !

le tuyau d'arrosage

Il est très utile s'il y a beaucoup de plantes à arroser dans le jardin.

LE PRINTEMPS

Les vacances à la ferme

le tracteur

Cet engin retourne la terre du champ pour que les graines semées poussent mieux.

l'abreuvoir

Dans cette longue baignoire en métal, les vaches boivent de l'eau.

le pigeonnier

Sais-tu pourquoi on l'appelle ainsi ? Parce que ce sont des pigeons qui y vivent.

la poule

Les poussins courent derrière maman poule, qui leur apprend à picorer.

la brebis

Au printemps, son bébé, l'agneau, est assez grand pour prendre l'air dans le pré.

les lapins

Quelle belle photo de famille ! Ne sont-ils pas mignons en train de grignoter ?

l'âne

Contrairement à ce qu'on dit souvent, c'est un animal intelligent !

LE PRINTEMPS
Les fruits et légumes

la fraise
Ce fruit rouge en forme de cœur est recouvert de minuscules grains.

les kumquats
On dirait de petites oranges ovales, sauf qu'on peut manger leur peau !

la mangue
Après l'avoir pelé, tu te régales de ce fruit au goût de pêche et de fleur.

les cerises
Juteux et sucrés, ces fruits rouges ont un petit noyau. Attention de ne pas l'avaler !

les épinards

Hachés, avec un peu de crème, c'est un régal…
Tu as déjà goûté ?

les radis

Avec du beurre salé, ces radis rose et blanc sont à croquer.

la laitue

Ses feuilles sont lavées et essorées pour pouvoir les manger en salade.

la betterave

Étonnant, la betterave a un goût sucré !
Sa peau est marron, sa chair violette.

LE PRINTEMPS
La nature se réveille

le nid
Certains oiseaux le tapissent de plumes pour bien protéger leurs œufs.

les hirondelles
Ces oiseaux perchés sur les lignes de téléphone annoncent le printemps.

l'écureuil
Dès qu'il fait doux, l'écureuil sort de son nid pour chercher à manger. Miam !

le papillon
Sais-tu qu'avant de devenir un papillon c'était une petite chenille ?

la violette

Devine pourquoi cette petite fleur s'appelle comme ça ?

les primevères

Ce sont les premières fleurs de l'année !

les bourgeons

Ils poussent au printemps et se transforment ensuite en fleur.

la jonquille

Grande et jaune, cette fleur est un vrai rayon de soleil au printemps.

les pâquerettes

Cueille-les dans les champs et les jardins.

LE PRINTEMPS

Les fêtes du printemps

la cloche

les petits œufs en chocolat

l'œuf en chocolat

joyeuses Pâques !

Les cloches sont passées ! Prends ton panier et cours chercher les œufs en chocolat cachés dans ton jardin.

les œufs cachés

le panier

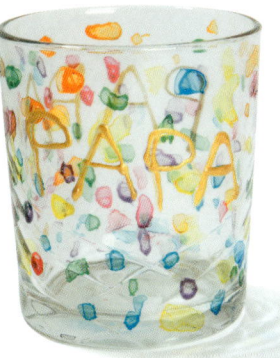
le verre décoré

la tasse faite main

le bracelet et son support

la fête des mamans et des papas !

Bonne fête, papa ! Bonne fête, maman !
Je vous ai fabriqué moi-même des cadeaux
pour vous montrer que je vous aime.

la fleur en carton

le cadre photo

la tour Eiffel

L'ÉTÉ

Tes vêtements

le débardeur

C'est un tee-shirt sans manches, pour les journées les plus chaudes.

les robes

Courte et colorée, voilà une tenue légère pour l'été.

le bermuda

C'est agréable d'avoir de l'air sur les jambes quand il fait chaud.

le tee-shirt

L'été, on se découvre. Pas de pull, ni de col roulé, mais un tee-shirt !

le bikini

C'est un maillot de bain pour les filles…
Toutes à l'eau !

le short de bain

Et voici le maillot de bain des garçons !
Celui-ci, il n'a qu'une seule pièce…

le bob

la casquette

les chapeaux

Quand tu sors, n'oublie pas de mettre ton bob
ou ta casquette pour éviter les coups de soleil.

les sandales

Avec elles, tu laisses tes doigts
de pied respirer !

L'ÉTÉ
La fête de l'école

le chamboule-tout

Si tu renverses toutes les boîtes d'un seul coup, c'est toi le champion !

la pêche à la ligne

À la kermesse, tu peux gagner un cadeau, si tu attrapes tortues ou poissons.

le jeu des fléchettes

Pas facile de viser le centre de la cible… Tu y arrives, toi ?

le maquillage

En voilà un stand rigolo ! En quoi veux-tu être maquillé ? Tu n'as qu'à choisir…

L'ÉTÉ

Le départ en vacances !

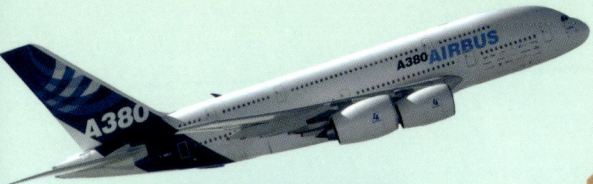

l'avion

Pour partir loin, en vacances, c'est lui le plus rapide !

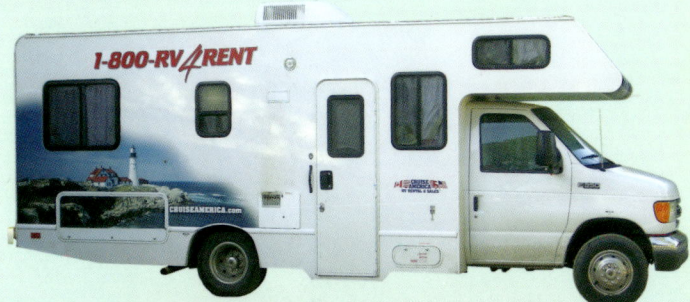

la voiture

Les bagages sont dans le coffre. Tout le monde est là ? Attachez vos ceintures !

le camping-car

Dans cette petite maison sur roues, on peut dormir, manger et voyager. Pratique !

le train

Ce train est un TGV. Il roule à toute allure vers les vacances.

le ferry

Cet énorme bateau transporte même des voitures ! Sur le pont, tu peux admirer la vue.

L'ÉTÉ

Au camping

la forêt

Trouve un bel endroit pour planter la tente : au milieu des arbres, et à l'ombre.

la tente

Voici une maison en tissu que l'on fixe avec des tiges en métal : les sardines.

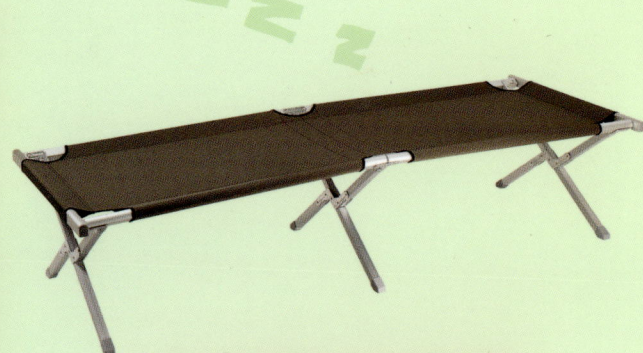

le lit de camp

Au camping, il peut remplacer le matelas.

le sac de couchage

Sous la tente, tu dors dans un duvet, plus pratique qu'une couette…

L'ÉTÉ

Les jeux en plein air

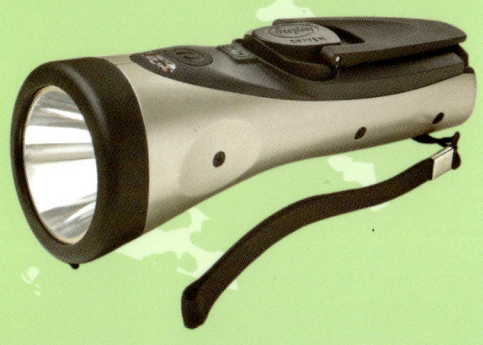

la lampe de poche

La nuit, elle éclaire tes pas pour que tu ne te perdes pas.

le ballon

À l'extérieur, on s'amuse comme des fous. Aucun risque de casser quelque chose.

l'arc et les flèches

Tu peux aussi faire des activités en plein air. Sais-tu par exemple tirer à l'arc ?

les raquettes de badminton

Avec la raquette, tu dois envoyer ou rattraper la balle que te lance ton adversaire. Amusant !

L'ÉTÉ

À la montagne

la montagne

L'été, la montagne est toute verte et fleurie. Idéal pour faire des promenades !

la cascade

On appelle comme ça le torrent qui jaillit des rochers dans la montagne.

le rapace

Si tu lèves la tête, tu apercevras ce grand oiseau : il vole très haut dans le ciel !

les marmottes

Observe bien partout pendant tes promenades pour la trouver.

les ruches

Ce sont les maisons des abeilles : elles y déposent le pollen récolté et en font du miel.

L'ÉTÉ

Bien équipé pour la randonnée

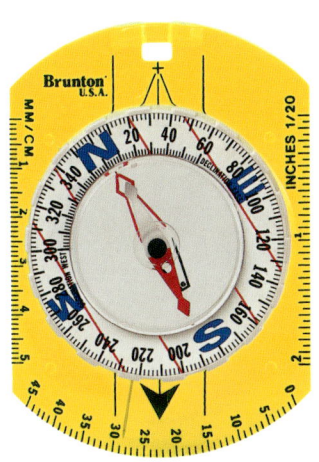

la boussole

Nord, sud, est, ouest... avec elle, tu sais dans quelle direction tu te diriges.

les jumelles

Cette paire de loupes permet de voir loin et de jouer à l'explorateur.

la gourde

Tu la remplis d'eau, puis tu l'emportes avec toi pour pouvoir boire quand tu veux.

le sac à dos

À l'intérieur, tu mets ce dont tu as besoin : eau, nourriture, pansements...

L'ÉTÉ

À la mer

la gaufre

Bien chaude et recouverte de sucre glace, un vrai délice !

la glace

Mange vite la crème glacée avant qu'elle ne fonde !

la mouette

Son plat préféré, c'est le poisson frais, alors elle rôde près des bateaux de pêche.

le voilier

Ce bateau à voiles avance sur la mer grâce à la force du vent.

les lunettes de soleil

Pour protéger tes yeux de la lumière du soleil, porte ces lunettes teintées.

la crème solaire

L'été, gare aux coups de soleil ! Pour les éviter, il faut l'étaler sur la peau.

les coquillages

Sais-tu que dans ces carapaces vides il y avait avant de petits animaux marins ?

la natte

Tu l'étends sur le sable et tu t'allonges dessus pour te reposer.

l'arrosoir — le râteau — le seau — le moule — le tamis — la pelle

les brassards

Tu les enfiles sur tes bras avant d'aller dans l'eau. Tu peux nager ainsi sans couler.

les jouets de plage

Voici tout ce qu'il te faut pour construire un beau château de sable.

L'ÉTÉ
Les fruits

les prunes

Si on laisse sécher une prune, on obtient un pruneau...

les abricots

Ils se mangent en compote, en confiture ou en tarte... Avec eux, on se régale !

le melon

Ce fruit d'été à la chair orangée a un goût très sucré quand il est mûr.

les framboises

Elles sont petites, roses et un peu acides. Mais attention aux épines du framboisier !

la pêche

Sa peau est toute douce et sa chair bien juteuse.

la pastèque

Ce gros fruit est idéal pour se rafraîchir l'été, car il est plein d'eau.

L'ÉTÉ

Les légumes

les tomates

Quand elles ne sont pas mûres, elles sont vertes.
Mange-les quand elles sont rouges.

les haricots verts

Ces légumes sont longs, fins et… verts.
On les mange chauds ou froids.

l'aubergine

Sa peau est violet foncé, mais
à l'intérieur, elle est toute blanche..

la courgette

Ce légume est vert et allongé.
On le cuisine dans la ratatouille.

le poivron

Il y a des poivrons doux et d'autres
qui piquent : ce sont les piments.

L'ÉTÉ

Des fleurs de toutes les couleurs

les coquelicots

On les reconnaît à leurs pétales rouges froissés qui dépassent des champs.

les capucines

Certaines personnes mangent ces fleurs en salade. Incroyable, non ?

les hortensias

Ces arbustes font de grosses boules de fleurs roses ou bleues.

la lavande

On utilise ces brins violets pour parfumer toute la maison.

la rose

le tournesol

# L'ÉTÉ

Des petites bêtes partout

la guêpe

Ne fais pas de mouvements brusques pour la chasser, ou elle te piquera !

la coccinelle

On dit que ce petit insecte rouge à points noirs est un porte-bonheur.

la mouche

Il y en a beaucoup en été, et le bruit qu'elles font est très énervant...

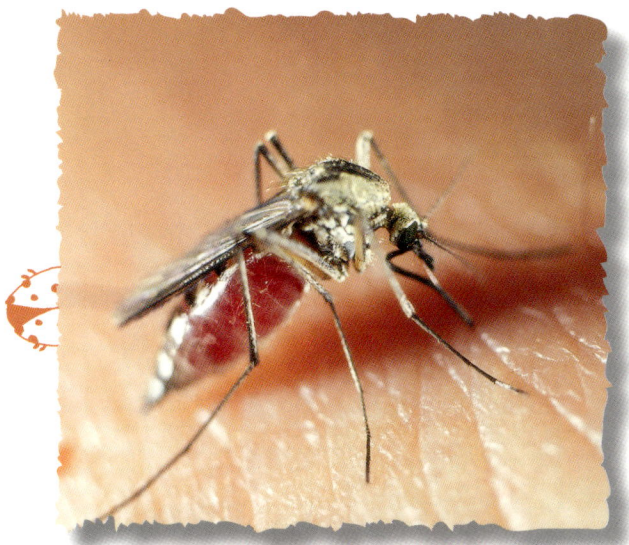

le moustique

S'il te pique, un petit bouton apparaît. Aïe... ça gratte !

L'ÉTÉ

Le 14 Juillet

la patrouille de France

Pour la fête nationale, les avions de la patrouille de France lâchent une fumée aux couleurs du pays.

le drapeau français

Chaque pays est représenté par un drapeau. Celui des Français est bleu, blanc et rouge.

le défilé militaire

Ce jour-là, les militaires défilent à Paris, à pied, à cheval et en char. Impressionnant !

le bal

En France, le soir du 14 Juillet, la fête bat son plein, et tout le monde danse !

l'accordéon

Cet instrument de musique joue des notes entraînantes dans les bals.

le feu d'artifice

Ce spectacle a lieu la nuit pour que l'on puisse bien voir les grands « pétards » multicolores exploser dans le ciel.

L'ÉTÉ
C'est la rentrée !

la salle de classe

Eh oui ! C'est déjà la rentrée des classes.
Tu retrouves tes copains, ta nouvelle maîtresse et ta nouvelle salle de classe.

le tableau

Toutes les salles de classe ont un grand tableau.
C'est là que la maîtresse écrit, colle les activités du jour, le calendrier...

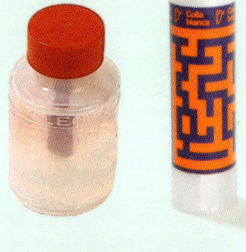

la paire de ciseaux

Zwip, zwip, avec elle, tu découpes la forme que tu veux.

la colle

Dans un tube ou un pot, il y a de la « pâte » qui sert à coller le papier.

les crayons de couleur

Si tu as dépassé en coloriant, tu peux encore effacer avec une gomme.

les feutres

Leurs couleurs sont plus vives que celles des crayons.

le cartable

Il sert à transporter tes affaires entre la classe et la maison.

le sac à dos

le cartable à roulettes

L'AUTOMNE
Tes vêtements

le pull

En automne, il peut faire froid, alors mieux vaut se couvrir !

la tunique

Cette chemise large est portée par les filles.

la jupe

Des courtes, des longues… Il y en a pour tous les goûts !

le jean

Ce pantalon, très résistant, est super pour faire les fous dans la cour de récréation.

le gilet à capuche

S'il pleut, tu peux mettre la capuche pour ne pas avoir les cheveux mouillés.

les bottines

Impossible de se tordre la cheville avec ces chaussures montantes…

les bottes de pluie

Que c'est drôle de sauter dans les flaques sans se mouiller les pieds !

la veste

Ce petit manteau est juste assez chaud pour la saison.

L'AUTOMNE

La cueillette dans la forêt

les marrons

C'est rigolo, ils ont le même nom que leur couleur !

la poêle à châtaignes

Tiens, cette poêle a des trous.
Mais oui, c'est pour cuire les châtaignes !

les champignons

À l'automne, tu peux faire des promenades pour chercher des champignons.
Ouvre bien les yeux, mais attention, tous ne peuvent pas être mangés.

les feuilles rougies

En automne, les feuilles de presque tous les arbres changent de couleur.
Elles deviennent orange, jaunes, rouges…

l'herbier

C'est un gros classeur qui te permet de coller les feuilles ou les fleurs
que tu ramasses dans la nature. Amuse-toi aussi à les classer par saison.

L'AUTOMNE
Les fruits

l'amande
Elle sert à fabriquer la pâte d'amandes et le sirop d'orgeat.

les noisettes
Les écureuils adorent ces fruits secs. Et toi, tu les aimes aussi ?

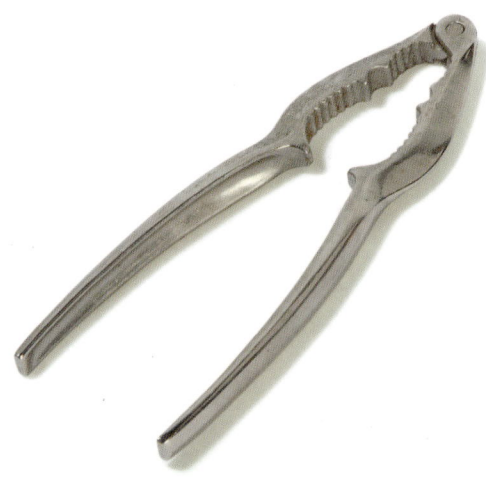

les noix
Tu peux les manger nature, en salade ou en gâteau… Mais sans la coquille !

le casse-noix
Sans lui, c'est difficile de briser la coquille des fruits secs.

la poire

Sa chair est souvent juteuse. Elle est délicieuse accompagnée de chocolat chaud.

la citrouille

On la mange, ou bien on en fait une lanterne pour la fête d'Halloween...

le raisin

Tout l'été, les grains ont mûri. Ils sont maintenant assez sucrés pour être récoltés.

les pommes

On les ramasse au début de l'automne, et on peut en faire du bon jus.

L'AUTOMNE

Il y a du changement dans l'air...

la bruyère

Elle fleurit en buissons de clochettes à l'automne, mais n'a pas de parfum.

les feuilles rouges

La vigne vierge est l'une des plantes qui rougissent le plus à l'automne.

le paysage d'automne

D'abord les feuilles changent de couleur, puis elles tombent des arbres.

la brouette

Pratique pour transporter les feuilles mortes jusqu'à la poubelle !

l'écureuil

Vite ! Il fait ses provisions de glands et de noisettes avant l'hiver.

le ciel gris

Les nuages deviennent énormes et gris. Attention les moutons, il va bientôt pleuvoir !

l'escargot

S'il pleut, il est de sortie ! C'est pour ça qu'il adore l'automne.

les oiseaux migrateurs

Ils se rassemblent pour s'envoler vers le sud, où l'hiver sera moins froid.

L'HIVER

Tes vêtements

le pull

Ce pull est tricoté avec de la laine.
Sais-tu qu'il s'agit de la toison du mouton ?

le sous-pull

Tu le mets sous ton pull
pour être sûr d'avoir bien chaud.

le collant épais

On le met sous le pantalon
quand il fait vraiment très froid.

la robe en laine

Toute douce et confortable,
elle est agréable à porter en hiver.

le manteau

Quand tu mets ton manteau, n'oublie pas de le fermer jusqu'en haut.

le bonnet

Bien enfoncé sur ta tête, il protègera tes oreilles du froid.

l'écharpe

Avant d'aller dehors, hop ! tu la noues autour du cou.

les moufles

Si tu veux faire des boules de neige sans avoir les doigts glacés, mets-les !

L'HIVER

Les vacances à la montagne

les montagnes

L'hiver, on ne voit plus la végétation, et les sommets sont recouverts de neige.

la télécabine

Pour aller tout en haut des pistes de ski, monte à l'intérieur.

les chamois

Ouvre l'œil, tu apercevras peut-être leurs empreintes de pas dans la neige !

les sapins

Ils n'ont pas de feuilles, mais des aiguilles, alors la neige s'y accroche facilement.

L'HIVER

Au chaud dans mon chalet

le chalet

C'est le nom donné aux maisons montagnardes construites tout en bois.

le feu de cheminée

Quand il fait froid, on aime se réchauffer devant un bon feu.

les cartes

Sais-tu jouer à la bataille ? C'est à toi de distribuer !

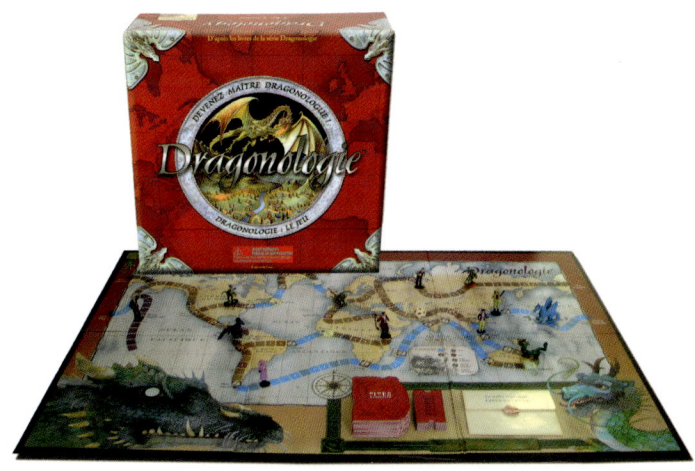

le jeu de société

L'hiver, on passe plus de temps à l'intérieur, alors on fait des jeux calmes.

L'HIVER

Les sports d'hiver

le skieur

Ce garçon va suivre une leçon pour apprendre à skier.

les skis

On les accroche à des chaussures spéciales, et c'est parti !

le bonhomme de neige

La neige devient dure quand on la tasse. Tu peux alors sculpter un bonhomme !

les patins à glace

Ils ont une lame en fer pour glisser sur la glace. Sais-tu en faire ?

L'HIVER

Ton équipement de champion

le bonnet de ski

Quand tu dévales la piste, le vent siffle dans tes oreilles. Mets ton bonnet !

la combinaison

C'est un vêtement spécial et très chaud pour faire du ski ou de la luge.

les moufles de ski

Grâce à elles, tu es équipé jusqu'au bout des doigts.

les après-ski

Avec ces bottes, tu marches dans la neige sans avoir les pieds trempés.

L'HIVER

Les fruits et légumes

les bananes

Leur peau est épaisse. Il faut les éplucher avant de les manger.

l'ananas

Ce fruit tropical a l'air d'un petit palmier. Sa chair est jaune et juteuse. Mmmh !

les clémentines

Ces cousines de la mandarine n'ont pas de pépins.

les litchis

Sous leur enveloppe, ils sont blancs et ont un petit goût de fleur.

l'orange

Ce fruit juteux et sucré est utilisé en confiture, en jus et en salade de fruits.

les lentilles

Ces graines ressemblent à des petits cailloux quand elles ne sont pas cuites.

les carottes

Qu'elles soient râpées ou cuites, les carottes donnent bonne mine.

le brocoli

Ce légume vert est de la même famille que le chou.

la pomme de terre

C'est avec ce légume qu'on fait les frites et la purée.

le poireau

Facile de le reconnaître avec ses longues feuilles vertes !

le chou-fleur

La plupart sont blancs, mais il en existe des violets et des orange…

L'HIVER

Il fait très froid

le givre

L'humidité de la nuit s'est transformée en une fine couche de glace qui recouvre les arbres et les chemins.

les perce-neige

Ces fleurs blanches sont capables de pousser en hiver, même s'il a un peu neigé.

le houx

Il a de petites boules rouges. Attention, son feuillage pique !

l'arbre nu

Quand il fait froid, l'arbre est au repos : il ne donne plus de feuilles.

l'hibernation

Ce loir dort dans le petit nid qu'il s'est confectionné pour passer l'hiver.

le pelage

Comme celui de l'ours ou du chien, le pelage du chat est plus fourni à la saison froide.

L'HIVER

Le Père Noël arrive...

le traîneau

La nuit de Noël, pour visiter toutes les maisons, le Père Noël se déplace en traîneau tiré par un renne.

la hotte

Le Père Noël y range tous les cadeaux qu'il va distribuer...

le cadeau

Qu'y a-t-il à l'intérieur ? Vite, ouvre le paquet !

le bonnet

le manteau

les gants blancs

Les habits du Père Noël

Comment reconnaît-on le Père Noël ?
Grâce à son beau costume
rouge, noir et blanc !

les guêtres

le pantalon

L'HIVER

Mon beau sapin

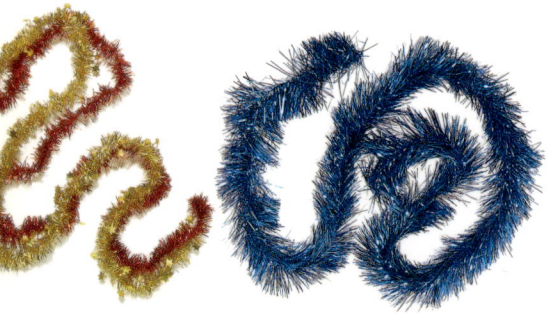

les guirlandes

Longues et scintillantes, elles sont enroulées autour de l'arbre de Noël.

la guirlande électrique

Quand tu la branches, elle illumine le sapin grâce à ses petites lumières.

le sapin de Noël

Comme il brille ! La nuit de Noël, des cadeaux seront déposés à ses pieds…

les boules

Rondes et colorées, elles sont fragiles. Attention à ne pas les faire tomber !

la chaussette

Accroche-la sur ta cheminée, le Père Noël y glisse souvent des petits cadeaux !

le calendrier de l'avent

C'est un calendrier pour attendre Noël.
Chaque jour, on ouvre une case
pour découvrir un petit cadeau ou un chocolat.
Et quand il n'y a plus de case à ouvrir...
le jour de Noël est arrivé !

les 13 desserts

En Provence, la tradition veut
que l'on mange 13 desserts le soir de Noël.

les figurines

Ces petits personnages décorent joliment
les branches du sapin !

la bûche

C'est le dessert traditionnel de Noël.
Elle est souvent décorée.

L'HIVER

Bonne année !

le Nouvel An

Quand les deux aiguilles seront sur le nombre 12, il sera minuit... C'est le moment où on change d'année !

la fête

Partout dans le monde, on célèbre la nouvelle année avec de la musique, des danses, des lumières et des feux d'artifice... Dans toutes les langues, on se souhaite : Bonne année !

les habits de fête

Garçon ou fille, chacun se fait beau pour la dernière soirée de l'année !

le gui

À minuit, la tradition veut que tout le monde s'embrasse sous le gui.

les cotillons

Quand on les lance, ils se déroulent en tourbillons colorés...

la boisson pétillante

Par ici, les bulles ! Tchin, tchin ! Et bonne année !

L'HIVER
La galette des Rois

la galette

Voici une belle galette bien dorée. À l'intérieur, il y a de la pâte d'amandes et, bien sûr, la fève.
Celui ou celle qui la trouvera sera le roi... ou la reine.

la part de galette

C'est le plus jeune qui désigne pour qui sera la part découpée.

les miettes

Tiens, tiens, qu'y a-t-il au milieu des petits bouts de galette éparpillés ?

la fève

Tu as eu la fève ? Bravo ! Tu en as de la chance...

la couronne

Tu as découvert la fève ? Te voilà couronné... Vive le roi !

L'HIVER
C'est la Chandeleur !

les crêpes

Pour la Chandeleur, le cuisinier a fait du beau travail ! Il y a de quoi se régaler…

la poêle

On y verse de la pâte, et hop ! on retourne la crêpe en la faisant sauter.

le sucre

On en met dans la pâte à crêpes pour lui donner un goût sucré et doux.

la confiture

Quand la crêpe est prête, on peut la tartiner de confiture, c'est délicieux !

le chocolat à tartiner

Les crêpes au chocolat, c'est tellement bon… Tu les aimes aussi ?

L'HIVER

Vive le carnaval !

le déguisement

Petits et grands,
tout le monde peut se déguiser.
On va bien s'amuser !

le masque

Le jour du carnaval, tu peux mettre
un masque rigolo pour cacher
ton visage...

le maquillage

À quoi veux-tu ressembler ?
À un tigre, à une princesse
ou à un clown ?

la sarbacane

Voici de quoi lancer des boules
de papier coloré pendant le défilé !

les confettis

On jette par poignées ces petits
ronds multicolores qui volent partout.

ET L'AN PROCHAIN ?
Tout recommence !

la galette des Rois
Qui aura la fève cette fois-là ?...

la Chandeleur
... et on fera encore sauter les crêpes...

le Nouvel An
... et de nouveau, il faudra changer d'année ! Le temps passe...

Noël
... et si tu as été sage, tu recevras les cadeaux que tu avais commandés...

le carnaval
... tu trouveras un autre joli déguisement !

Pâques
Au printemps, tu chercheras les œufs de Pâques...

la fête des mamans et des papas
...et puis ce sera la fête des papas et des mamans...

le 14 Juillet
... et peut-être que tu n'auras plus peur du feu d'artifice...

la kermesse
... tu t'amuseras bien encore cette année à la fête de l'école...

INDEX DES MOTS

Cet index a été conçu pour que vous y trouviez le plus de mots possible. Ainsi, il contient des renvois de pages faisant référence à chaque photo, mais également des renvois pour des mots figurant dans une légende photo ou visibles sur une image.

A

abeille 15, 60
abreuvoir 46
abricot 64
accordéon 69
activité 17, 21, 59
adolescent 32
agneau 47
aigle 60
aiguille 11, 35, 84, 94
aliment 14
amande 76, 96
ami 17, 30, 38
ananas 86
âne 47
animal 46, 47
année (bonne) 94
anniversaire 38-39
août 34, 36-37
appétit 18, 26
après-midi 6, 20, 21, 22, 23
après-ski 85
arbre 32, 33, 40, 41, 58, 78, 89, 92
arc 59
arc-en-ciel 10
arrosoir 45, 63
assiette 26, 27
aube 8
aubergine 65
automne 36, 41, 72-79
avion 57, 68
avril 34, 36-37

B

badminton 59
bagage 57
baignoire 6, 24, 46
bâillement 7, 31
bain 6, 11, 24, 28
bal populaire 69
balançoire 44
balade 36, 75
balle 59
ballerine 13
ballon 39, 59
banane 86
baromètre 11
basket 13
bateau 57, 62
bébé 32, 47
bermuda 54
betterave 18, 49
beurre 15, 49
bikini 55
biscotte 15
bisou 8
blouson 43
bob 55
bogue 74
bois 58
boisson 39
boisson pétillante 95
boîte 56
bonbon 39
bonhomme de neige 84
bonnet 81, 85
bonnet du Père Noël 91
botte 73, 85
bottine 43, 73
bougie 38, 39
boule 66, 81, 92
bourgeon 51
boussole 61
bouton 42
bracelet 53
brassard 63
brebis 47
bretelle 12
brioche 22
brocoli 87
brosse 16
brosse à dents 16, 28
brouette 78
bruyère 78
bûche 93
bulle 16

C

caca 29
cacao 14
cadeau 38, 53, 56, 90, 92, 93, 101

102

cadre (photo) 53
cahier 17, 75
cake 22
calendrier 34, 70
calendrier de l'avent 93
câlin 8
camping 58
camping-car 57
canard 24
cantine 7
capuche 43, 73
capucine 66
carafe 27
carapace 63
carie 16
carnaval 99, 101
carotte 18-19, 87
cartable 71
cartes (à jouer) 83
cascade 60
case 93
casque 44
casquette 55
casse-noix 76
ceinture 13, 57
céréales 6, 14
cerise 48
chalet 83
chamboule-tout 56
chambre 9
chamois 82
champ 40, 41, 51, 66
champignon 74
chance 97
Chandeleur 98, 100
chapeau 55, 95
char 68
chat 89

château 63
châtaigne 74
chaussette 92
chausson 9, 13, 25
chaussure 13, 25, 43, 55, 73
cheminée 83, 92
chemise 72
chemise de nuit 25
chenille 50
chevalet 21
cheveu 16
chèvre 18
chocolat 14, 15, 19, 22, 52, 93
chocolat à tartiner 98
chou-fleur 87
chronomètre 35
cible 56
ciel 10, 11, 57, 60, 69, 79
ciseaux 71
citron 39
citrouille 77
classe 7, 17, 70
clémentine 86
cloche 52
clochette 78
coccinelle 67
coffre 57
coiffer 16
collant 80
colle 71
coloriage 17, 71
combinaison de ski 85
compote 19, 64
comptine 37
concombre 19
confetti 95, 99
confiture 15, 64, 86, 98

coquelicot 66
coquillage 63
coquille 76
cornet 62
costume 91, 99
cotillon 95
couche 25, 29
coucher 7, 30-31
couleur 13, 21, 36, 39, 68, 71, 74-75
courgette 65
couronne 97
couteau 27
couvert 26-27
couverture 9
cuisinier 98
craie 70
crayons de couleur 71
crème solaire 63
crêpe 98, 100
croissant 15, 31
cubes (de construction) 23
cueillette 74-75
cuillère 27

D

danse 13, 69
danseuse 13
débardeur 54
décembre 34, 36-37
décoration 92
défilé 99
défilé militaire 68
déguisement 99, 101
déjeuner 7, 18-19
dent 16, 28
dentifrice 28
départ 57

dessert 18-19
desserts (les 13) 93
dessin 21
dessin animé 23
dimanche 34-35
dîner 7, 22, 26, 27
doigt 27
dormir 20
dortoir 20
doudou 20, 30
dragon 23
drapeau 68
duvet 58

E
eau 6, 11, 16, 21, 24, 27-28, 32-33, 36, 46, 60-61, 62-63
écharpe 81
éclair 10, 43
école 7, 17, 20, 70-71
écureuil 50, 76, 79
enfant 20, 32
entrée 18-19
épinard 49
escargot 79
été 12, 37, 40, 54-61
évolution 32-33
explorateur 61

F
famille 47
fatigue 7, 20, 31
ferme 46-47
ferry 57
fesse 29
fête 38, 39, 52, 53, 68, 69, 94, 95, 100-101
fête de l'école 56, 100

fête des pères/des mères 53, 101
fête nationale 68-69, 100
feu d'artifice 69, 94, 100
feu de cheminée 83
feuille 21, 40, 75, 78
feutre 21, 71
fève 96-97, 100
février 34, 36-37
fille 12-13, 25, 42-43, 55
figurine 93
flan 19
flaque 11, 73
flèche 59
fléchette 56
fleur 45, 48, 51, 53, 60, 66, 75, 80, 86
forêt 36, 58, 74, 75
fourchette 27
fraise 39, 48
framboise 64
frite 87
froid 11-12, 24, 88, 89
fromage 18
fruit 14-15, 19, 22, 48, 64, 76, 77, 86
fruit sec 76
fumée 68

G
galette 96
galette des Rois 96-97, 100
gant de toilette 28
gant 45
gants du Père Noël 91
garçon 32, 43, 55
gâteau 38
gaufre 62

gel douche 24
gilet 73
givre 88
glace 62, 84, 88
gland 79
gobelet 39
gomme 71
gourde 61
goutte 11
goûter 22, 38-39
grain 14, 35, 48, 77
graine 32, 40, 46, 87
grand 33
grandir 32-33
gruyère 18
guêpe 67
guêtre 91
gui 95, 101
guidon 44
guirlande 92
guirlande électrique 92

H
habit 12, 25, 42-43, 54-55, 72-73, 80-81
habits de fête 95
habit du Père Noël 91
halloween 77
haricot vert 19, 65
herbier 75
heure 9, 17-19, 24, 35
hibernation 89
hirondelle 40
histoire 20, 30
hiver 41, 79-99
homme 33
hortensia 66
hotte 90

houx 89

I
illumination 92
insecte 67
instrument de musique 69

J
jambe 54
jambon 19
janvier 34, 36-37
jardin 45, 51, 52
jardinage 45
jardinier 36, 45
jean 12, 72
jeu 6, 17, 23, 59, 84
jeu de société 83
jeudi 34-35
jeune homme 33
jonquille 51
jouet 23-24, 63
jour 8, 34-35, 38-39
jour de l'An 94-95, 101
journée 6-31, 70
judo 13
juillet 34, 36-37, 68-69
juillet (le 14) 68-69, 100
juin 34, 36-37
jumelles 61
jupe 42, 72
jus 14, 46
justaucorps 13

K
kermesse 56, 100
kimono 13
klaxon 44
kumquat 48

L
laine 80
lait 6, 14, 22
laitue 49
lanterne 77
lampe de poche 59
lapereaux 47
lapin 47
lavabo 28
lavande 66
légume 18-19, 49, 65, 87
lentilles 87
lit 20, 25, 28, 30, 58
litchi 86
livre 20, 30
loir 89
loupe 61
luge 36
lumière 9, 31, 94
lundi 34
lune 15, 31
lunettes de soleil 63

M
mai 34, 36-37
maillot de bain 55
main 27-28, 45
maîtresse 7, 21, 70
mangue 48
manteau 81
manteau du Père Noël 91
maquillage 56, 99
marche 29
mardi 34
marmotte 60
marron 74
mars 34, 36-37
masque 99

matelas 58
matin 6-7, 8-9, 14-15, 16-17
melon 64
mer 62, 63
mercredi 34-35
météo 10-11, 34
midi 7, 18
miel 15, 60
miette 97
minuit 94-95
migration 79
mobile 30
mois 34, 36-37
mollet 42
moment 20
montagne 60-61, 82, 84-85
montre 35
mouche 67
mouette 62
moufle 81, 85
moule 63
mousse 16, 24
mousse au chocolat 19
moustique 67
mouton 79-80
musique 69, 94

N
naissance 39
natte de plage 63
neige 11, 36, 81, 84, 85
nid 50, 89
Noël 36, 90, 91, 92, 93, 101
noisette 15, 76, 79
noix 76
novembre 34, 36-37
nouvel An 94-95, 101
noyau 48

nuage 10, 79
nuit 7, 25, 30, 31

O

octobre 34, 36-37
œuf 19, 52
œufs de Pâques 52, 101
oiseau 8, 50, 60, 62
oiseau migrateur 79
orage 10
orange 14, 48, 86
orgeat 76
outils 45

P

paille 39
pain 15, 18
pain au chocolat 22
paire 61, 71
panier 52
pantacourt 42
pantalon 12, 42, 72
pantalon du Père Noël 91
papier 21, 71
papier-toilette 29
papillon 50
pâquerette 51
Pâques 52, 101
pastèque 64
pâte 18, 98
pâte (à modeler) 21
pâte (à tartiner) 15, 98
patin à glace 84
patrouille 68
pause 17, 22
paysage 78
peau 16, 48, 49, 63, 64, 65
pêche 48, 62, 64

pêche à la ligne 56
peigne 16
peignoir 9, 24
peinture 21
pelage 89
pelle 63
peluche 20, 30
perce-neige 88
Père Noël 90-91
petit 32
petit déjeuner 6, 14, 15
petits pois 18
petites bêtes 67
phare 62
photo 47, 53
pied 9, 55, 73
pigeon 46
pigeonnier 46
piment 65
pinceau 21
pipi 25, 29
pirate 99
pizza 19
plage 63
plantation 45
plante 36, 45
plat 18, 19, 27
pluie 10-11, 50, 73
plume 50
poêle 74, 98
poignet 35
poire 77
poireau 87
poisson 18, 56, 62
poivre 27
poivron 65
polo 42
pomme 22, 77

pomme de terre 87
poubelle 78
pouce 20
poule 47
poulet 19
poupée 23
poussin 47
primeur 48, 49
primevère 51
printemps 36, 40, 42-53
promenade 60, 74
propre 6, 16
provision 79
prune 64
pull 12, 72, 80
pyjama 25

R

radis 49
raisin 77
randonnée 61
rapace 60
raquette 59
ratatouille 65
râteau 63
rayon (du soleil) 8
récolte 41
récréation 17
réducteur de toilettes 29
rehausseur 29
reine 96-97
renne 90
rentrée des classes 70, 71
repas 6-7, 14-15, 18-19, 22, 26-27
rêve 25, 31
réveil 6, 9, 94
rideaux 9

riz 18
robe 12, 25, 54, 80
robe de chambre 9
robinet 27
rocher 62
roi 96-97
rollers 44
roulette 44
rose 66
ruche 60

S
sable 31, 35, 63
sablier 35
sac à dos 61, 71
sac de couchage 58
saison 32, 40, 41, 75
salade 18, 19, 49, 86
salle de bains 6, 28
salopette 12
samedi 34-35
sandale 55
sapin 82, 92
sarbacane 99
savon 6, 16, 24, 28
seau 63
sécher 16, 24
sel 27
selle 44
semaine 34-35
septembre 34, 36-37
serpentin 95
serviette 16, 27
shampooing 24
short de bain 55
sieste 20
sifflet 39
ski 82, 84-85

skieur 84-85
soir 7, 15, 26-31
soleil 8, 10, 36, 55, 63
sommeil 7, 31
sommet 82
soupe 77
sous-pull 80
spectacle 69
sport 13, 84
stand 56
steak haché 18
sucre 14, 15, 62, 98
survêtement 13

T
table 7, 26
tableau 70
tablier 45
tamis 63
tarte 64
tartine 15
tasse 53
tee-shirt 12, 54
télécabine 82
télévision 23
température 11
temps 10, 11, 32-41
tente 58
tenue 13, 95
terre 32, 33, 40, 46-47
tgv 57
thermomètre 11
tir à l'arc 59
toilette 16
toilettes 29
tomate 18, 65
tonnerre 10
tournesol 66

tracteur 46
tradition 93, 95
train 23, 57
traîneau 90
tranche 15
transport 59
trou 18
tunique 72
tuyau 39

V
vacances 36, 46, 57-63, 82, 84-85
vache 46
veilleuse 31
vélo 44
végétation 82
vendredi 34-35
vent 62
verre 14, 22, 26-27, 53
veste 43, 73, 93
vêtement 12, 25, 42-43, 54-55, 72-73, 80-81
viande 18
vigne 78
violette 51
vitamine 14
visage 27-28
voilier 62
voiture 23, 57
voyage 57

W
wc 29

Y
yaourt 19, 22
yeux 7, 31

REMERCIEMENTS

Les Éditions Milan remercient pour leur collaboration à cet ouvrage :

Airbus ; Automobiles Peugeot ; Babymoov ; M. Benoît Reneaume - Club d'Astronomie de la Presqu'île de Saint-Nazaire ; Corolle ; Décathlon ; Du Pareil au Même (DPAM) ; École maternelle Matabiau ; IKEA ; Nature et Découvertes ; LAPEYRE La maison ; SNCF ; SNCM ; Swatch France Flik Flak ; Thalassor ; M. Frédéric Peres - www.la-peche-a-la-mouche.com ; Athénaïs et Arthur pour leurs créations.

CRÉDITS PHOTOGRAPHIQUES

AGENCE HOA-QUI : p. 90 (h) B. Patrick.

AGENCE GAMMA : p. 17 (h) Francis Demange.

AGENCE TOP : p. 93 (hd) M. Barberousse, (bd) J.-F. Rivière.

AGENCE COLIBRI : p. 6 : (bd) ; p.8 (hd), (hg) ; p. 10 : (hg) ; p. 11 (hg), (bg) ; p. 32 (h), p. 33 (h), (bd) ; p. 36 ; p. 40 ; p. 41 ; p. 46 ; p. 47 ; p. 50 ; p. 51 : (hd), (bd), (bg) ; p. 60 : (hg), (mg), (bd), (bg) ; p. 62 : (bd), (bg) ; p. 66 : (hd), (bd), (mg), (md), (bg), (bd) ; p. 67 ; p. 68 : (bg) ; p. 69 : (b) ; p. 74 : (hg), (hd), (bd) ; p. 75 : (h) ; p. 76 : (hg) ; p. 78 : (hd), (bg) ; p. 79 : (hg), (bg), (bd) ; p. 82 ; p. 83 : (hd), (hg) ; p. 84 : (hg), (bg) ; p. 88 ; p. 89.

AGENCE CORBIS : p. 6 : (hg) R. Faris, (hd) LWA-Sharie Kennedy, (bg) Ch. Shneider ; p. 7 : (hg) A. Skelley, (bg) A. Inden, (bd) et p. 31 (bg) Ed Bock ; p. 8 : (b) J.-L. Pelaez ; p. 16 : (bd) R. Faris ; p. 20 : (hg) Solus-Veer ; p. 31 : (bd) Anne W. Krause, (bg) Ed Bock ; p. 32 : (bg) M. Paley, (bm) K. Dodge, (bd) S. Dittrich ; p. 33 : (bg) S. Krouglikoff, (bm) R. Gomez ; p. 36 : (hg) H. Benser, (bg) Freitag/zefa ; p. 68 : (h) A. Gyori ; p. 68 : (bd) A. Nogues ; p. 69 : (hg) B. Annebicque ; p. 72 : (hg) H. Reinhard ; p. 94 : (b) J. Hekimian ; p. 95 : (hd) E. Whiting & Associates ; p. 100 : (bd) B. Annebicque ; p. 101 : (bd) E. Whiting & Associates.

© AIRBUS SAS : p. 57 : (hg) ; © Automobiles Peugeot : p. 57 : (mg) ; © Babymoov : p. 29 (bg) ;
© Club d'Astronomie de la Presqu'île de Saint-Nazaire : p. 10 : (bg) Benoît Reneaume ;
p. 31 : (hd) Benoît Reneaume ; © Corolle : p. 23 : (bd) ; © Décathlon : p. 44 : (bg), (bd) ;
p. 58 : (hd) ; p.84 : (hd) ; © DPAM : p. 9 (bd), (bg) ; p. 12 ; p. 13 : (mg), (bg) ; p. 24 : (hd) ; p. 25 : (hg),
(bg), (bd) ; p. 42 ; p. 43 ; p. 54 ; p. 55 ; p. 72 ; p. 73 ; p. 80 ; p. 81 : (hg), (bd), (bg) ; p. 85 : (hg), (bg) ;
p. 95 : (hg) ; © Inter IKEA systems B.V 2008 : p. 9 : (hd) ; p. 17 : (bd) ; p. 20 : (bg) ; p. 23 : (hg), (mg),
(bg) ; p. 28 : (hg) ; p. 29 : (hg) ; p. 30 : (m) ; p. 98 (hd) ; © LAPEYRE La maison : p. 29 : (hd) ; © Nature
et Découvertes : p. 30 : (hd), (bg) ; p. 31 : (hg) ; p. 34 ; p. 35 : (bg) ; p. 44 : (hd) ; p. 45 : (hg), (hd), (md),
(bd) ; p. 58 : (bg), (bd) ; p. 59 : (hg), (bg) ; p. 61 ; © Swatch France : p. 35 (h) ; © Thalassor :
p. 24 : (hg) ; © SNCF-CAV-Fabbro-Urtado : p. 57 : (bg) ; © SNCM : p. 57 : (bd) ;
© www.la-peche-a-la-mouche.com : p. 10 : (bd) Frédéric Peres.

Toutes les autres photographies sont © Éditions Milan.

Mise en pages : Géraldine Krasinski
Correction : Sophie Chapus

© 2008 Éditions Milan - 300, rue Léon-Joulin, 31101 Toulouse Cedex 9, France.
Droits de traduction et de reproduction réservés pour tous les pays.
Toute reproduction, même partielle, de cet ouvrage est interdite. Une copie
ou reproduction par quelque procédé que ce soit, photographie, microfilm,
bande magnétique, disque ou autre, constitue une contrefaçon, passible
des peines prévues par la loi du 11 mars 1957 sur la protection des droits d'auteur.

Loi 49.956 du 16 juillet 1949 sur les publications destinées à la jeunesse.
Dépôt légal : 3e trimestre 2008
ISBN : 978-2-7459-3247-1
Imprimé en Chine